大矢恒彦句集

風船

FUSEN
Tunehiko
Oya

文學の森

序――大矢恒彦句集『風船』に寄せて

大矢恒彦氏の第一句集である本書『風船』は、厳密な対象把握と大胆な発想の展開とで第一句集らしからぬ充実さを備えている。

いきなりだが、次のような句を見てみよう。

口論に負けて海鼠となつてゐる
言ひ張つて腕組みしたる余寒かな
深入りを避くる扇子を使ひけり

これらの句は意表を突くことを目的とした外連味のある句と受け取られる可能性がある。しかし、よく鑑賞してみるとまさしくその状況はそうだという的確な描写になっていることが分かる。口論に負けての沈黙は海鼠と形容するのがいちばんだし、言い張ったあとの沈黙は余寒と言うべき春の寒々しさにあたる。つまり、大矢氏の目は対象を捉える場合に常に率直に正確に把握を行っており、その結果がこういう表現となって現れているのだ。

氏がいかに正確に対象を把握しているかということを見るために、氏の比喩的表現を見てみよう。

臨終の手の風船を離すごと
永遠の落下のごとく滝凍つる
柵へ刃のごとく冬の水
鏡割るごとくに鴨の着水す
白絹に拭かれしごとき梅雨の月

比喩というのは、意表を突いていながら、本当にそうだという納得性がなければならないのだが、大矢氏の表現能力はまさしくそういう力を有している。臨終の句は親御さんを送られたときのものであろうと思われるが、確かに生者と死者の別れは、あっけないような名残惜しいような、ふとしたものであるのだ。それが「風船を離すごと」という表現で正確に示されている。風船という身近なものを使っていることによって、身近な死が表現されているのだ。

わが蔵書履歴捨つごと捨て晩夏

太箸を鶴のついばむかに使ふ

本閉ぢるやうに本屋の閉ぢて夏

遠富士の浮遊するかに冬うらら

こうした比喩表現は、対象の本質から生じるさまざまな要素を正確に十分に把握していないとできない。大矢氏はそれができているのだ。比喩表現ではない句の上で素材を使う場合でも、その素材の性質を巧みに活かして効果を生じさせている。

鍵穴のかちと手応へ花疲れ
梅雨寒や修正液のまた詰る
料峭や返す人なき砂時計
チェロの弦緩びしままの花の冷

これらの句に使われている「修正液」「砂時計」「チェロの弦」などは、何でもない日常の品物だが、それぞれの季節感を実感的に表すのに、実に効果的に使われている。「鍵穴」にしても、普通、花疲れを表現する時に使われる素材ではないが、ここでは花見に疲れた気持とぴったりの使われ方になっている。こうした語の使い方は、不用意に使ったらまったく平板な叙述になってしまうが、言葉についての感覚が鋭い大矢氏は平凡にならない効果的な使い方をしているのだ。

凍返る真夜を律儀な赤信号
竹の子の丈に逡巡なかりけり
春昼の時計の針の無表情

普通「律儀」という語はこういう所には使わない。しかし、それにも関わらず、深夜、車も人もいないのに点滅を続ける信号機をこのように表現すると、まさしく律儀としか言うほかないと言わざるを得ない実感が生じる。「逡巡」「無表情」の使い方も同様で、こうした正統的な使い方から外れた表現によって、かえって正確な状況描写が行われることになり、しかも俳諧味が生まれてくる。これも大矢氏の句の特質の一つである。

あいまいな闇の遠くへ豆を撒く
夏雲のあつけらかんと恐山
満月のすとんと水に落ちてをり

ここにある「あいまい」「あつけらかん」「すとん」なども正統的な使い方に反している。それでいながら納得できる表現となっており、ほのかなユーモアが生まれている。

もちろん大矢氏は、変則的な語の使い方ばかりをしているわけではない。氏独特の目の付け所があり、それが新しい表現を生み出しているのだ。

み仏にまぶたのありて山眠る
あたたかや土偶に乳房ふたつまみ
今朝の秋かひがら骨を引き伸ばす

み仏のまぶた、土偶の乳房、かいがら骨などを見つけ出す目は氏の俳句に新し味をもたらしている。誰もが知っていながら、なかなか句にし難い素材なのだ。そして、こういう一つの事柄に目を付けるばかりでなく、目に映った現象を表現する場合にも氏独自の受け取り方がある。

夜を蹴つて枕頭よぎる時鳥
秋夕焼飛行機雲に燃えうつる
江ノ島をぎしぎし揺らし台風来
夏蝶が風を攫つてゆきにけり

降ろされて腑抜けとなりぬ五月鯉

春の日を零さずしかと土起こす

時鳥が夜を蹴る、夕焼けが雲に燃え移る、島の揺れがギシギシ言う、夏蝶が風を攫う、こうした表現は本当に事象を見つめ、そこに現れた微妙な感覚を捉えることから生まれてくる。鯉幟が降ろされた後の状態を「腑抜け」と捉えるのも、それまでの風を受けて翻っていた颯爽たる状態と対比してみるとまさしくそうだという印象を受けるし、春耕のときの陽射しを懐かしく大切に思う気持は「零さず」の語で的確に表現されている。

大矢氏が把握するのは目に見えるものばかりではない。目に見えない、あるいは耳に聞こえないものも感じ取っているのだ。

轟きの無音のかたち滝凍る

襖絵に無音の怒濤鑑真忌

生ビール六腑の闇を落ちゆけり

秋澄むや金魚に秘密見られけり

前二者は聞こえない音を聴いているのであり、後二者は見えないものを見つめている。これは現実を超えた世界にまで入っているのであり、超感覚の世界である。この超感覚の世界は、いわゆる写生とは異なるが、やはり、そこには一つの美的世界が存在する。

噴水のずぶ濡れとなる夕立かな
月光の浜辺にピアノ運び来よ
梟の青きひかりの闇に棲む

このような句は幻想性を伴っているだけに、この表現に行きつくにはかなりの発想の飛躍が必要になる。そして、こういう発想の飛躍こそ平凡さから脱却する大切な要素なのであるが、人によっては付いていけないという批判も生じるかも知れない。

人類に地球はひとつメロン切る
多次元てふ宇宙の隅に夕焚火
大いなる死より始まる蟻の列
鬱の字の二十九画梅雨滂沱

これらの句に対しても、共感を持つ人と飛躍に過ぎるという人とが出てくるだろう。だが、新しい俳句を求める者は、ここで臆病になってはいけない。安心できる句ばかりを作っていると句が小さなものにまとまってしまい、結局、作者の創作に発展性がなくなる。その意味で大矢氏の大胆な試みは大切だ。

こうしてみると、大矢氏の句の世界は実にさまざまな方面へ広がっており、種々の挑戦がなされていることが分かる。そして、氏の句の世界の広がりは決して冒険的な方面ばかりではない。正統的な俳句というべき方面にも大きく広がっており、むしろ、氏の本質はこの分野にこそ大きく発揮されているのだ。今まで技巧を中心に述べてきたので、今度は

氏のもっとも中心となる正統的な句の中で、私の好きな句を幾つか次に
例示しよう。

花吹雪割つて列車の止まりけり
剪定のきつぱり過去を棄てにけり
煤逃げによき図書館の遠さかな
微動だにせぬ神将に初日差す
時雨るるや近江に多き観世音
黙深く毬藻は月下の瓶の中
高音のチェロ伸びやかに外は雪
質量をもたぬ愁ひの朧の夜
はるかより不意の汽笛の良夜かな
月の夜の浜に影踏む盆踊
春日傘影を失ひ畳まるる
風となるために風船離れけり

大矢恒彦氏の句の世界は、対象の把握の正確さと、表現上の語の使い方の自由さとが基本となっている。ただ、それが単なる珍奇な存在とならずに、そこから優れた句へと昇華されているのは、氏の文学的センスによるものだ。このセンスがあるから、氏の創作は脱線することなく、俳句の本道を突き進んでいるのである。こうした能力を今後も発揮し続けて、第二第三の句集においてはさらに大きな飛躍をして欲しい。

◇

最後に、個人的なことを付記すれば、大矢氏は、私の「輪の句会」の幹事であり、機関誌『輪』の編集長である。氏の努力によって私の句会も順調に発展しており、『輪』もそれなりの評価を受けるに到っている。こうした面での氏の活躍も大いに期待している。

二〇一五年十一月九日

大輪靖宏

句集　風船――目次

装丁　笠井亞子

句集

風船

ふうせん

I

二〇〇五年〜二〇〇八年

春の暮どこへゆくかと聞かれけり

調律師春の音階探りをり

春潮の風聴くごとしもやひ船

料峭や返す人なき砂時計

鍬深く春光土に吸はせけり

野立とて茶筅さばさば花の雲

チェロの弦緩びしままの花の冷

梅が香や車椅子押す指の冷

蕗味噌や母は日記に愚痴こぼし

音軽きイタリア産の種袋

水郷に艪臍の軋み揚雲雀

カヤックの水鳥めきて柳の芽

春昼の時計の針の無表情

鮒鮓や湖の暗さの宿明り

水源のしづく一滴雲の峰

母注ぐビールの泡の消えがたし

生ビール六腑の闇を落ちゆけり

原発の廃炉しらじら草茂る

蟬時雨茶屋に影置く大銀杏

クレーンの酷暑の昼を吊しをり

雪渓に雲生れ尾根を立ち上る

月山の雲へ一閃岩つばめ

月山の間近に崩る雲の峰

離宮跡の巌の苔や蟬時雨

葛切りの透いて緑の吉野山

夏雲のあつけらかんと恐山

涼風や地獄巡りの風車

病葉と知られず朝散りにけり

鬱の字の二十九画梅雨滂沱

草刈つてをりぬ蛍を守る会

蛍火を胸の高さに燃えたたす

桑の実や見つけて欲しい隠れん坊

輪蔵の万巻めぐる万緑裡

せせらぎといふ万緑の風の道

襖絵に無音の怒濤鑑真忌

南風のウインドサーファー大円航

ゆるゆると大き水車や蕎麦の花

日本名の墓標や蔦の異人墓地

湯上りの宵爽やかにらんぷの火

虫の音の瀬音に混じるらんぷの火

白桔梗母にくりごとなかりせば
地球儀のほのと翳なす月の部屋

はるかより不意の汽笛の良夜かな

黙深く毬藻は月下の瓶の中

満月を背に負うて振り返らず

月の夜の浜に影踏む盆踊

平家琵琶音ゆるびなく秋灯

天井絵の龍の眼光獺祭忌

板壁を秋日洩れ来る朱唇仏

森閑と古墳鎮もる秋の蝶

金木犀予感の糸を手繰るなり

磐座の堂の高みへ蔦紅葉

骨折の母の衰へ虫の夜

秋澄むや金魚に秘密見られけり

時雨るるや近江に多き観世音

非常口開ければ枯野拡ごれり

朝の日の影もろともに大根引く

柵へ刃のごとく冬の水

鷺二羽の間合ひよろしき冬川原

冬ざれや鴉の胸を張りたるも

大宰府にいしずゑ確と冬の雨

一支国の月読はいま冬怒濤

峰々に神々在す阿蘇の雪

定年の年の始まる年忘れ

息災の証と母の賀状書く

Ⅱ

二〇〇九年～二〇一一年

神鈴の綱しなやかに初詣

松の上に富士隠れなき初景色

万年の闇の石筍年新た

宙返りのサーファーもゐて淑気かな

匂ひ立つ紅差指や初鏡

初凪や島のかたちに泳ぎ切り

豆腐屋の五指よく動く寒の水

点鬼簿に彼のひと移し冬銀河

最果ての駅の朝餉は三平汁

言の葉とならぬ呟き日向ぼこ

遠富士の浮遊するかに冬うらら

リハビリに人の一途や日脚伸ぶ

蠟梅や素心といふを遠くしぬ

恵方巻鬼の貌して齧り付く

あいまいな闇の遠くへ豆を撒く
ものの芽の日の存分となりにけり

柔らかに神籤を結ぶ梅真白

鎌倉に運慶快慶梅香る

水際の音のかがよひ芹摘まな

言ひ切つてことばの刃冴返る

濡れ色の川鵜の孤独春の暮

たをやかにチェロの抱かる春夕べ

雨止みしのちの一鍬土匂ふ

それとなく番と知れり春の鴨

九十九里浜の日差しの目刺買ふ

遠き地震草餅焦げてゐたりけり

白れんの虚空を揺らす昼の地震

ダリの絵のうつつなりけり燕来る

風となるために風船離れけり

さよならの声の乱るる春嵐

風神と息の駆け引きいかのぼり

海へ散る落花あるべし由比ヶ浜

花吹雪チャイムが子らを放ちけり

武蔵より相模の国へ花筏

春日傘影を失ひ畳まるる

鶯に包囲されをり農を継ぐ

いつからか厄年もなく桃の花

竹の子の皮の過保護を思ひけり

溝浚ことわり上手でありにけり

風薫る乗りてすぐ着く渡し舟

ティンパニの構へおもむろ五月来る

音へ音かぶさる早瀬水芭蕉

花あやめ雨はいとしきもの濡らす

雨匂ふくちなしの花錆びたるも

波はみな浜に果てゆく夏の月

新じやがや大地震の日に植ゑしもの

野に放つトランペットや梅雨の晴

梅雨寒や修正液のまた詰る

旅浴衣指の先まで伸びをして

旅浴衣いまさら秘密いはれても

鴨川に耳をあづけて夏料理

居酒屋の主は漁師穴子焼く

深入りを避くる扇子を使ひけり

朝靄に浮かぶ古墳や大青田

マネキンの首うつくしき夏帽子

ややあやあと来る逆光の麦藁帽

脇役の寡黙をとほす涼しさよ

すれ違ひざまの挨拶サングラス

大関の大暑の塩を大つかみ

大の字に寝て干草の風のなか

夕焼の路地突き抜けるジャズビート

噴水のずぶ濡れとなる夕立かな

緑蔭や永遠に子を抱く母の像

熱戦はゼロに始まる百日紅

よき汗をかき六十の坂を越す

わが家がわが居るところ昼寝覚

苔清水アルミコップの置いてある

爆と曝ひばくいろいろ飛瀑かな

折鶴の束の幾重に夏の果

白日傘バックミラーを遠ざかる

堂守のひとり碁を打つ秋暑かな

今朝の秋かひがら骨を引き伸ばす

口笛と色なき風のすれ違ふ

ガス燈の街秋色のジャズピアノ

山霧の白き闇より鈴の音

行き違ふたびの挨拶山紅葉

秋夕焼飛行機雲に燃えうつる

江ノ島をぎしぎし揺らし台風来

秋の蚊を叩くすなはち頬を打つ

真つ暗の宇宙の晴れて今日の月

月光の浜辺にピアノ運び来よ

爽やかに宙の的矢となりにけり

秋風やいまだ言の葉尽くせざる
猫じやらし人の機嫌をうかがひぬ

農学士小さき畑に芋を掘る

吾亦紅どこぞで恋の小競り合ひ

国中の田を乾かして豊の秋
水神に供ふ新米ひとつまみ

案山子立つ擬態といふも楽しけれ

塔頭の土塀の真白柿熟るる

人の世を少し高みに松手入

埴輪みなまろく口開け鳥渡る

鴨の陣ひとつ零れて羽ばたける

梟の青きひかりの闇に棲む

アガペーと墓標に一語小鳥来る

一水に鷺の身じろぐ冬始め

水底にものみな沈みて冬ざるる

波音を低きに眺め河豚の宿

てつちりや名刺を持たぬもの同士

口論に負けて海鼠となつてゐる

霜の夜の羽あるものの羽の音

てのひらに雪の匂ひを確かむる

高音のチェロ伸びやかに外は雪
重ね着の色やはらかに車椅子

石蕗の花嫁に行けとは言はざるも

石蕗の花切岸に生る矜持かな

肴には兜太語らな寒造

遠野には大き狐火あるといふ

崖の上の身の泛くごとし冬怒濤

汽笛三つ冬の夜霧の岸壁に

雨止んで山の裏まで冬夕焼

空仰ぐ仔細あるべし冬木の芽

み仏にまぶたのありて山眠る

青空へゆらり煤竹持ち上ぐる

Ⅲ

二〇一二年～二〇一四年

襖絵の松のはみでる淑気かな

初凪やひかり塗れに漁船

微動だにせぬ神将に初日差す

つくづくと顔は履歴書初鏡

永遠の落下のごとく滝凍つる

潤む眼は北風のせゐ見舞あと

一滴はいのちのしづく枯木星

金屛の裏の本当見てしまふ

わが家のほどよき広さ冬籠

理学士の妻が狐火あると言ふ

没落のむかし語りや榾をつぐ
陰言の弾け焚火のよく燃ゆる

マスクして鼻つ柱を隠しけり

焼藷のもつとも似合ふ新聞紙

大根引く大地は白を失へり

鮟鱇を吊つて背筋を伸ばしたる

封印の本音がぽろと凍てにけり

裸木となるまで日々に掃きとほす

轟きの無音のかたち滝凍る

順序よく死の訪れて竜の玉

寒柝を打つて星屑散らしけり

多次元てふ宇宙の隅に夕焚火

石蕗咲くやつくづく狭き家の跡

電柱の影は日時計春隣

凍返る真夜を律儀な赤信号

薄氷をつつきみ空を濡らしけり

言ひ張つて腕組みしたる余寒かな

時として嘘の芳し梅日和

眼鏡拭く小事が大事月朧

あたたかや土偶に乳房ふたつまみ

狛犬を睨み返してうかれ猫

休校の子とおはじきの春炬燵

全集の重さをめくる春の宵

三鬼忌の厨に黄身の盛り上がる

葦牙や詩歌に力あるにはある
風の名の変はりてけふの凧

わが吐息充たして風のしやぼん玉

雪解水銀の大蛇となり落つる

春の日を零さずしかと土起こす

そのかみの南船北馬鳥雲に

古民家の幾代棲みつぐ雛飾り

永き日の己が蔵書の深眠り

高跳びの空へ踏み込み風光る

快晴の鳶や春愁とは無縁

剪定のきつぱり過去を棄てにけり

あいうえお順の点呼や朝桜

花吹雪割つて列車の止まりけり

山桜おのれ消しゆく散華かな

結論は桜の散つてからとする

母はもう戻らぬみちを春の霜

臨終の手の風船を離すごと

涅槃図のまなかに母のゐるやうな

手入れよき昭和の遺品春障子

小半時すれば来るバス遠蛙

街路樹の葉擦れすなはち薫る風
どの子にも青き風吹く子供の日

鯉のぼり風の大河を上るなり

降ろされて腑抜けとなりぬ五月鯉

白き船桟橋小さくして五月

目的を持たず列車の旅五月

夏暖簾永遠に手を上ぐ招き猫

麦秋の下校の列のつながらず

白絹に拭かれしごとき梅雨の月

牛蛙闇夜の底を裏返す

夏霧の路地行き止まる遠流の地

青葉風真青の海へ行つたきり

茄子の紺弾いて水を寄せつけず

夏野来て遥けき風を分かち合ふ

鉄骨は野面の墓標雲の峰

大いなる死より始まる蟻の列

おほかたは埴輪狐目青あらし
能面に静けき汗のありぬべし

沖はるか青磁と白磁色の夏

図書館の裏に森あり泉あり

黒揚羽遅れて影の走りけり

夜を蹴つて枕頭よぎる時鳥

たそがれのいつも妻ゐる冷奴

本閉ぢるやうに本屋の閉ぢて夏

フランスパンほどに焦がして裸の子

わが事となれば饒舌かき氷

愚痴言ふは親しき証渋団扇

後ろまでよき声ひびく夏期講座

わが蔵書履歴捨つごと捨て晩夏

鰻食うて絶滅危惧を嘆じけり

揚花火思ひ吐き出すごと開く

採りたての西瓜のほてり地の火照り

抱かるる子が鐘を撞く原爆忌

砲弾はつめたき物体終戦忌

音に翳灯しに影の風の盆

憂きことをひとまづ畳む秋扇

辛口の批評肴に古酒の酔ひ

無造作に夕顔の実の売られけり

いきいきと病ひを語る夜長かな

芋の葉に水の張力ゆるぎなし

水澄むを皺くちやにして鍬洗ふ

おどさねば寂しき村の鳥威し

草虱付けねばゆけぬ父祖の墓

銅鏡の耀ひかくや月今宵

満月のすとんと水に落ちてをり

父の影踏んで畦ゆく後の月

ものの音消えてゆくとき秋深む

赤穂の塩はらりと振つて新秋刀魚

柚子の香を美しき手の滴らす
つるりとは茹でし小芋を抓むとき

時計屋の屋号チクタク小鳥来る

碁敵の褒め合つてゐる菊日和

ほのぼのと物言ふ人や菊膾

風なくばつまらぬ世なり吾亦紅

廃屋に使はぬ闇や蔦紅葉

今がたの嘘を悔やめり胡桃割る

港へと一直線の銀杏散る

落葉踏んで過ぎ来しときを踏みしめる

煤逃げによき図書館の遠さかな

Ⅳ

二〇一五年

大法螺は時にはよろし屠蘇の盃

太箸を鶴のついばむかに使ふ

三日はや暮れて金貨のやうな月

タンカーをどかと据ゑたる冬景色

根深掘るひかりの棒を抜くごとし

蒼天に鳶笛ひとつ大根干す

やはらかに鳥語を入れて冬木立

湯豆腐や病ひ自慢に負けゐたる

あだし世を屈託なくて着ぶくるる

地球儀の滑りやすくて冬の蠅

炉話の宇宙の果てに及びたる
白樺の山しんしんと白い冬

鏡割るごとくに鴨の着水す

初雲雀空に音符をちりばめて

鍵穴のかちと手応へ花疲れ

清水の舞台押し上げ花吹雪

梵鐘に一打の余韻花夕べ

花屑をひかりもろとも鋤込みぬ

連凧の空の遠近うねり出す

水温む尾鰭はおのが影を蹴り

料峭の世に溢れゐる二進法

梟の玩具のどけし歯科医院

質量をもたぬ愁ひの朧の夜

露座仏の金の痕跡鳥雲に

実朝の海や帆影の遠霞

朝東風の海のまぶしきペダル踏む

ふらここを降りて浮世に佇めり
風船のかなしみ消ゆるところまで

ひとりなら汲まぬ新茶の夕間暮れ

植田てふ大き鏡の平野かな

竹の子の丈に逡巡なかりけり

筍と呼ばるよき日の短くて

竹皮を脱ぎて土の香棄てにけり

省略をしすぎて地図の町薄暑

夏蝶が風を攫つてゆきにけり

翡翠の翔ぶ間も人の老いゆけり

昼顔や門扉を閉ぢる鉄工所

万の眼の白球追うて夏の雲

人類に地球はひとつメロン切る

よろこびは蛍袋に仕舞ひおく

句集　風船　畢

あとがき

今から十余年前、定年退職後の手慰みと思い、俳句に手を染めた。カルチャーセンターで基礎を教わるうちに、だんだん言葉で表現することが面白くなってきた。十七文字に凝縮された自然のこと、人のこと、広い意味で花鳥諷詠である。

だが、「平明にして深く」は文学の一つのテーマであろうが、いかに難しいことか。初学より思いつくままの作句であったように思うが、未熟ながら、過去の自分のありのままを句集に纏め、次のステップに進んでいきたいと考える。「俳句の神髄に遊ぶ」とやらの、その一端でも触れられればとも思う。

今なお話題にのぼる桑原武夫の『第二芸術』を読んでみた。なるほどと感得する部分もあり、時代背景が違うという気もする。いずれにしろ、自分の中では消化しきれていないでいる。さらに、ある種の俳句は（有名俳人の句であろうと）つまらないと思い、一方で感動する句もある。何故、そう感じるのか。言葉の不思議を思う。

個人的なことになるが、俳句を始めたのは父の他界したあとで、母の老境に入る時期と重なる。両親を亡くした今、ひとつの人生の節目と考えた。また、親しい叔母が八十二歳にしてエッセーを上梓したことに刺激されたし、句集を出すことを強く後押ししてくれた。

俳句の基礎は「朝」編集長の松岡隆子先生に学んだ。間もなく、当時、上智大学文学部教授・大輪靖宏主宰の「輪の句会」が発足したのを知り、入会した。大輪主宰は特に芭蕉研究で知られるが、会の方針としては、俳句は自由に楽しむというものである。今もこの会で指導を受けている。今回、主宰は大変ご多忙であるが、本句集の序文などをお願いした。厚く感謝申し上げる。

　さらに、四年程前には、森岡正作主宰の「出航」および、能村研三主宰の「沖」に入会し、能村登四郎以来の抒情性俳句を学び始めた。

　主宰の方々からはあたたかくも厳しい指導を受けると同時に、句友に本当に恵まれて、皆さんに育てて頂いていると思う。皆様には感謝とお礼を申し上げたい。

　今後とも、言葉で表現できる喜びを共有させて頂くとともに、益々のご教示、ご指導を賜れば幸いである。

大矢恒彦

二〇一六年一月

著者略歴

大矢恒彦（おおや・つねひこ）

1943年　東京都立川市生れ
2005年　「輪の句会」入会
2012年　「輪」編集長、「出航」「沖」入会

日本伝統俳句協会会員
俳人協会会員

現住所　〒247-0005
　　　　横浜市栄区桂町303-1-1-308

句集

風《ふう》船《せん》

発　行　平成二十八年一月十八日
著　者　大矢恒彦
発行者　大山基利
発行所　株式会社　文學の森
〒一六九-〇〇七五
東京都新宿区高田馬場二-一-二　田島ビル八階
tel 03-5292-9188　fax 03-5292-9199
e-mail mori@bungak.com
ホームページ　http://www.bungak.com
印刷・製本　小松義彦

ISBN978-4-86438-505-3　C0092